누구나 한 순간에 전과자가 될 수 있다

저자: 1678

나는 과연 내가 징역을 살아보게
될 것을 1%라도 상상이나 해봤을까?

평생을 성실하게 살아왔지만
한순간, 찰나의 순간에, 하루아침에
전과자가 되어 수감 중 작성한
전과 1범의 옥중일기

목 차

누구나

전과자가

될 수 있다

prologue

이건 소설도 아니고 수필도 아니고 일기입니다. 훗날 활자가 될 것을 염두에 두거나 누가 읽게 될지도 모른다는 염려 같은 것을 할 만한 처지가 아닌 극한 상황에서 통곡 대신 쓴 것입니다.

22년 6월23일 저는 구속되었습니다. 구속되기 1분전만 해도 내가 구속 되리라는 상상을 전혀 하지 않았고 팔자에 징역살이가 있을 줄은 꿈에도 몰랐습니다. 평생을 성실하게 살았고 범죄를 저지르지 않아도 한 순간의 실수로 구속이 되어 전과 1범 전과자가 되었습니다. 감방에 수감되어 현실을 부정하며 통곡하다 지치면 설마 이런 일이 나에게 정말 일어 났을라구..꿈이겠지 하는 희망으로 깜빡깜빡 잠에 들며 하루하루 감옥 생활을 보냅니다. 감옥은 참담한 극한입니다. 안 먹겠다는 의지 없이도 몸에서 저절로 음식을 받지 않았으니 몸도 필시 쇠약해 집니다. 억장이 무너지는 비통 외에는 할 수 있는 것이 없으며 자유를 잃어 "걷기"조차 마음대로 걸을 수 없었습니다.

또 이곳은 많은 이들이 자살을 합니다.
저 역시 수시로 짐승처럼 치받치는 통곡을
마음대로 할 수 없는 일이었습니다. 통곡을
고스란히 참기가 너무 힘들어 통곡대신 미친듯이
끄적인게 바로 이 글입니다.

지금 감옥에서 이 글을 쓰고 있는 지금 시간은 밤
11시, 이름 모를 감방 동기들 8명.. 그중 4명은
코를 골고 있고 2명은 둘이 잡담을 하고 있고
나머지 한명은 구석에서 울고 있고 나는 이 글을
쓰고 있다

징역? 남자로 태어나 한번은 인생 경험차
살아본다 치자.. 그러나 두 번은
절대 못 할 것 같다.
나에게 징역귀신이 붙어 여길 또 오게 된다면..
그때의 나는 100% 확률로 "자살"을 선택할
것이다. 징역이란 그런 곳이다.

이 원고는 내가 출소하는 날
세상밖에 출시 할 것이다.

교도소에 수감되기 전에는 아침이 좋았다. 맑은 아침햇살과 창 너머에 아침을 알려주는 자연의 지저귐.. 모닝커피를 한잔 타서 아침을 맞는 것이 좋았다. 그러나 교도소에서는 정반대다 내 앞에 펼쳐진 긴긴 하루를 살아낼 생각이 지겹도록 아득하게 느껴진다. 시시때때로 탈진하도록 실컷 울면 그동안이라도 시간을 주름잡을 수 가 있는데 그것도 용납 안되는 하루 동안이란 얼마나 가혹한 형벌인가? 교도소의 생활 중 가장 힘든것은 바로 "자유"를 잃어 구속된다는 것이다. 여기서 말하는 자유란 마음대로 술 담배..여자를 못 만나는 이런 자유가 아닌 내 마음대로 일어설 수도 걸을 수도 없는..나의 몸을 내 맘대로 제어할 수 없는 것을 의미한다. 허락없이 일어설 수도 누울 수도 걸을 수도 없다. 그러다 보면 구속되기 전 일상생활 속에 너무도 당연하여 감사함을 느끼지 못하는 것들이 생각나며 소중하고 감사하다. "걷기" 맑은 공기 마시기 바깥바람 쐬기 등 이런 사소한 것들 조차 수감자에겐 주어지지 않는다. 걷고 싶어도 가만히 있어야 하며 좁은 단칸방에서 남자 9명이 같이 생활을 한다. 24시간 중 단 한순간도 떨어짐 없이..

어찌보면 나라에서 삼시세끼를 챙겨주고 숙식을
제공하는 것 같고 하는 일 없이 한량처럼
먹고 =>쉬기 먹고 =>쉬기만을
반복하여 좋아 보일진 몰라도 아무것도 안하고
앉아서 하루를 보낸다는 것은 최고의 형벌이요,
인간이 느낄 수 있는 최하 밑바닥에서 경험하는
최고의 형벌이다. 그리고 나를 가장 슬프게 하는
것은 보고싶은 이를 볼 수 없고 연락할 수 없어
어디서 무엇을 하고 있는지 알 수 없음이

나를 더욱 슬프게 하였다...

그 날의 사고

어느 날과 다를 것 없던 날..

평소, 평일 일상과 같은 날 언제나 비슷한
시간대에 늘 다니던 길로 퇴근을 하였다.

새로운 길이 아닌 3년째 늘 다니던 익숙한
길이다. 너무 익숙해서 노래를 부르며 운전을 해도
긴장감이 없는 익숙한 길이다. 밤 9시경 앞에
시야는 어두운 밤이였다. 캄캄한 밤 분명 전방에는
아무것도 없었다.. 좁은 골목을 지나가는데 갑자기
"으악"소리와 함께 차에서 "쿵"소리가 들렸다.
당시 어둡고 좁은 골목이라
나의 시속은 2~30 키로 내외였다.

뭐지?

아무것도 없었는데? 이런 생각으로 차에서 내려
보았다. 차에서 내리자 보이는 한 아주머니께서 내
차 앞바퀴 쪽에 누워서 아이고 아이고.. 사람살려..
사람살려..이러고 계셨다. 아주머니가 워낙 큰소리로
통곡을 하자 금방 시민들이 몰려서 구경을 하였고
나는 정신을 바짝 차리고 내가 지금 사람을 친 것을
인지하고 119와 나의 보험사, 그리고 112 까지

세 곳에 전화를 하여 현장으로 불러들였다. 나의
보험사로 현장을 정리하였고 119로 아주머니를
병원에 모셨으며 나는

인피사고 (사람이 다친 사고)로 경찰조사를
받으러 그길로 경찰서로 가게 되었다.

경찰조사 & 검찰송치

음주 , 뺑소니 , 고의성 X
이 3가지가 성립되지 않는다는 경찰조사다

음주가 아니고 뺑소니도 아니며 고의성도 없는
단순 교통사고다. 그러니 피해자 치료나 잘
해주시고 잘 해결해라, 그러나 차vs차 사고가 아닌
차vs 사람 인피사고 이기에 검찰에 송치가 될
것이다. 이 사건 같은 경우 단순 교통사고니까
100% 검사가 벌금형을 구형 할 것이다.

여기서 피해자와 개인합의 (보험합의금 말고) 를
보면 벌금이 낮고 피해자와 개인합의를 안보면
벌금이 1400은 나올 것이다. 그러니 무엇이 더
이득인지 판단 잘 하라는 경찰조사 내용이다.

여기서 검찰에 송치가 된다는 것은
아무리 단순 교통사고지만 피해자가 발생하였기
때문에 재판을 받게 된 다는 뜻이다.
그러나 경찰관은 나에게 벌금형이라면서 벌금형에
대해 설명을 해 주었다.

"초범" 어떤 분야든 사람이 태어나서
처음 저지른 죄, 초범이라는 버프는 각 사람마다
평생 중 단 한 번씩만 주어지는 초범버프이다.
　죄를 지어도 집행유예로 풀려나거나 형량의
감형을 많이 받을 수 있는 초범버프이다. 나 역시
그 초범버프를 35세에 여기서 쓰게 될 줄이야...

경찰조사를 마친 이때만 해도 나는 아무 근심걱정
없이 일상생활을 보냈고 그렇게 한 달이 지나
재판이 열렸다

경찰도 내 변호사도 다 100% 벌금형 이랬으니..
그리고 나는 초범이고 , 음주 아니고 뺑소니
아니니까 벌금 낼 생각에
재판장에 가는 날 역시 마음 편히 갔고
재판이 끝난 후 서울 가서 놀자며 다음 스케줄을
짜고 재판장에 갔다.

재판 (1심)

판결선고   2022. 6. 23.

                              주   문

피고인을 금고 6월에 처한다.

                    ?

내가 재판장에서 받은 선고는 모든 예상을 깨고
"실형"을 선고 받았다 난 여기서 너무 당황하며
"금고형" 이라는 말도 못 알아 듣고 당황하여
          판사님에게 물었다.

금고형이 무엇이죠? 저의 ..재산 통장을
6개월간 압류한다는 것인가요?
판사님께서 옆에 따라가세요 라고 말씀을 하셨고
피고인석 옆에 남자 두 명이 나를 ..

피고인석 옆 문 으로 안내를 하였다. 그곳을
따라갔고 내 등 뒤로 문이 닫히는 순간..
그땐 알 수 없었다. 그 문이 세상과 단절되는
마지막 문 이였다는 것을....

그 문이 닫히는 순간 그 두 남자는 갑자기 나의
팔에 수갑을 채우고 나를 포승줄로 묶고 나의
주머니에 있는 모든 소지품을 압수해 갔다.

?

왜 그러시죠?

당신 구속이야. 지금부터 세상과 모든 소통은
단절되고 지금 바로 즉시 교도소로 이감 갑니다.

네??

금고형과 징역은 같은 말이다.
구속이란 얘기다 즉 나는 법정에서 1심에서
법정구속이 된 것이다.

징역형과 금고형의 차이는 똑같이 감옥에 구속이
되오나 징역형은 강제노동을 해야한다. 즉 감옥생활
중 월급없이 무보수로 공장이나 옷수선 등 일을
해야 하며 금고형은 일은 안하고 감옥에서만 구속이
되는 것을 금고형이라 한다. 여기서 한 가지
다행인건 징역형은 고의범, 금고형은 과실범이 받는
처벌이라 한다. 고의범이란 내가 술을 마시고
운전을 하면 잘못 이라는걸 알면서도 한 것.
나는 그 골목에서 사람을 칠 것이라는 것을
예상할 수 없었고 고의성이 없는 과실범이기에
금고형을 선고받은 것이다. 내가 받은 죄명은
과실치상.. 아니 살다보면 사람이 교통사고 날
수도있지 낼 수도 있지 그렇다고 이렇게 깨끗히
전과 하나도 없는 모범시민을 한방에 구속을 시킨단
말인가.. 억울함을 호소 할 정신도 없이 나는 마치
짜여진 각본처럼 정해진 시나리오처럼 일사천리로
빠르게 교도소로 이동을 하게 되었고 가자마자
간단한 신체검사 후 죄수복으로 갈아 입고 이제
바깥의 사회의 나의 이름이 박탈 당하고 새로운
이름을 부여받았다. "1678" 나의 수용번호 이다.

평생을 잊지 못 할 나의 두 번째 이름 1678

그렇게 간단하게 교도소 생활을 안내받고 바로
신입방에 들어갔다. 지금 법정에서 재판을 받기
1분전만 해도 나는 구속이 될 것이라는 것을 1%도
예상하지 못했기에 바깥일의 처리를 하나도 안 해
놓고 어떠한 준비도 없이 재판을 받았는데 판사
입에서 금고형이 라는 말이 떨어지자마자 지금 여기
교도소 이동 , 환복, 감옥안에 들어가기까지
1시간이 채 안걸렸다. 모든 것이 한 순간이였고
정신이 없고 당황하며 현실을 부정할 시간도 없이
모든 것이 마치 짜여진 듯 흘러갔다..

그렇게 나는
교도소 신입방 12번방에 구속이 되었다.

신입방

교도소의 첫 날 밤..

신입방이란.. 나처럼 이곳을 처음 온 신입들이
바로 본방에 올라가면 적응한 빵쟁이들에게
괴롭힘을 떠나 감옥생활에 적응이 안될테니
적응하라고 일주일간 수습기간? 처럼 다 처음 온
신입들만 4명을 모아둔 방이다. 나는 이 날
태어나서 처음 보는 4명과 일주일을 앞으로 같이
보냈어야 했다. 일단.. 나를 포함 모두가 이곳이
처음 이였기에 우린 룰도 없었고 뭘 어떻게 해야
하는지 아무것도 알 수 없었다. 음...그냥 이렇게
하루종일 그냥 앉아 있는 건가요 우리?

그런가봐요.... 그런가봐요.. 아니..보통 영화나
드라마 보면 하루에 한시간씩 야외에서 운동하는 것
같은데 우린 운동도 안하나요? 운동은 본방에
올라가면 한다고..처음 일주일간은 정말 5평 되는
네모난 방 한칸에서 모르는 사람 4명이 그냥 앉아
있는 것이 우리의 일과였다. 우리는 당시 돈도
없었고 돈이 있었다 해도 사용하는 법도 몰랐고
무언가를 사먹을 수 있다는 사실도 몰랐으며 그저
매 시간마다 나오는 징역밥만 먹고 가만히 앉아
있는 것 외에는 할 수 있는 것이 없었다. 우리는
몰랐다. 돈이 있다면 라면과 소세지 고추장..등등을
사 먹을 수 있었다는 사실을

그렇게 가만히 있기도 하루 이틀이지..
삼일차가 되자 4명중 한명이 갑자기 공황장애가
온 듯 숨이 안 쉬어 진다며 고통을 호소한다 CRPT
라는 교도소 내에 특수경찰이 달려와 말한다

왜 그러십니까?

너무 답답해서..갑갑해서 여기 무슨 창문도 없고 ..
그래서 말인데 요 앞에 잠깐만 나갔다 오면
안되나요 바람 한번만 쐬고 싶어요

안됩니다. 지금 장난합니까?? 당신 지금
감옥에 수감 중입니다.

그렇다. 우리는 인권이 없다.
아무리 인권이 좋아졌다 하지만 그래도 이곳은
인간 이하 대접을 받고 인권을 존중 받을 수 없다

말도 안되는 화장실에서 볼일을 보고 말도 안되는
음식을..차마 사람 먹으라고 주는 건가 싶을 정도의

개밥을 개구멍에 받아낸다. 그것도 일반 그릇이
아닌 모든 용기는 플라스틱이며 수져도 그릇도 모두
플라스틱이다. 플라스틱인데 뜨거운 국을 그냥 대뜸
넣어서 엄청 플라스틱 냄새가 난다. 그곳에
개밥처럼 담긴 밥을 4명이서 나눠 먹는다. 맛은
차마 인간이 먹을 수 없는 토할 것 같은 맛이다
그렇게 우리는 모두 현실을 부정하며 여긴어디 나는
누구.. 다들 정신을 못차리며 계속 울기만 하고 밥도
모두 먹지 못하며 우리는 슬픔에 잠겨 분위기는
우울했다. 그렇게 5일쯤 되었을까 우리는 지치고
하루하루 시간이 너무 안간다. 참고로 감옥엔
시계가 당연히 없다. 우리가 차고있는 시계도
당연히 없으며 핸드폰도 없다. 가장 끔찍한 것은
시간을 모른다는 것이 정신적으로 사람을 미치게
한다. 한가지 알수 있는건 밥나오는 시간.

아침밥이 나오면 지금 오전 6시30분이다
점심밥이 나오면 지금 오전 11시다
저녁밥이 나오면 지금 오후 5시다.

이때 말고는 지금 얼마나 시간이 지났을까
지금은 몇 시일까 조차도 알 수 없어 우린 모두

정신적으로 미처가기 시작할 무렵 우리..이제 이틀
후면 각자 찢어져서 본방에 올라갈 텐데..짧은
인연이나마 우리 통성명은 합시다.

어디사는 누구며 여기 어쩌다 오시게 되었습니까?

그중 한명은 마약사범이다.
20대인데 어린나이때부터
일찍이 마약에 손을 댔고 운반, 흡입,판매 3종
셋트를 저질러 오게 되었다. 이 친구는.. 못 빠져
나간다. 단순 흡입은 집행유예로 빠질 수도 있는데..

또 다른 한명은 음주운전 전과 9범이다
못나간다.. 아니 한번 두 번 세 번..네번
그렇게 8번이나 걸렸으면 좀 안해야지
결국 9번째 음주운전이 걸려 구속을 피할 수 없다.
못 빠져 나간다 이사람은..

다른 한명은 대출사기 , 즉 작업대출로
불특정 다수에게 재산적 피해를 입혔다
경제사범이다. 못 빠져 나간다.

그리고 나.... 과실치상입니다

과실치상이 뭐죠?

실수로 사람을 다치게 하였고 피해자가 전치
8주가 나와 구속 되었습니다.

엥? 어떻게 실수로 했기에 구속까지?
뭘로 팼길래요?

아 팬 것이 아니고..자동차 교통사고입니다.
자동차 교통사고로 8주를 냈는데 합의 안했나요
보험처리 안했나요? 아뇨 보험처리도 했고 합의도
봤습니다. 그런데도 실형을 때린다?

나중에 알고보니 우리나라는 전치4주 이상부터는
구속이라 합니다. 합의는 형량의 양형의 문제이지
유죄가 무죄가 되는 것이 아니라 합니다.

그렇게 오늘이 며칠인지, 지금은 몇 시인지도
우리 넷은 알 수 없었으며 하루하루 정신적으로
미쳐가는 통곡으로 아무것도 하지 않고 새벽 6시
기상 밤9시 취침 무려 하루 15시간 동안
아~~무것도 하지 않고 그저 앉아 있는 것이
전부였으며 지금 이곳에 온지 며칠이나 되었는지도
알 수가 없었습니다.

이때 신입방의 저 포함 4명은 모두 적응을 하지
못하고 현실을 부정하며 매일 눈물을 흘리며
정신적으로 미치기만 할 뿐이였습니다.

.

이때 저는 쇠창살에 얼굴을 포개어 바깥 사람들을
생각하며... 보고싶은 사람을 떠올리며 그저 눈물만
주룩 흐를뿐이였습니다. 지금 생각해도 그때의
일주일이 제 인생 통틀어 가장 끔찍하고 두 번다시
경험하고 싶지 않으며 믿을 수 없는 참담한
일주일 이였습니다.... 너 지금 어디서 무엇을
하는지 너무 궁금하다..잠은 자니 밤은 먹니..

보고싶다.
나는..못자고 못먹고 있어

본방

일주일이 어떻게 지나갔는지도 모르겠다.

일주일간 밥을 먹지 못했다 몸도 쇠약해 지고 영양을 섭취하지 못해 모든 치아가 상했다. 나 뿐만 아니라 우리 네명이 모두 그랬다. 그렇게 일주일이 10년 처럼 겨우 지나 우리는 각자 헤어지게 되었고 각자의 본방이 배치되어 이별하게 되었다.

나중에 알고 봤지만 이 교도소에 수감자는 총 2000명 정도가 있으며 아무리 친해도 방이 바뀌면 두 번 다시 평생 못 보는 영원한 이별을 하는 것이다. 그렇기에 아무리 정들고 친해저도 방이 바뀌면 그 순간 우리는 영원히 못 만나는 영원한 이별을 하는 것 이였다. 우리 네 명은 그렇게 일주일간의 짧은 인연을 마치고 이별하게 되었다. 그들의 이름도 수용번호도 기억나지 않는다. 각자 흩어져 각자의 본방으로 전방이 되는데 이때 나의 방은

가-82-11 이였다
이 번호를 오른쪽 가슴에 붙이고 1678을 왼쪽 가슴에 붙힌다.

가동 나동 중 가동에 8층에 2번 라인에 있는
11번방 이란 소리다.

각 층마다 1~15번방 까지 있고
1번라인 2번라인 즉 한층에 30방이 있다. 그 중
나는 가동 8층 11번방에 배치가 되었다. 본방에
와서 신입식을 할때 너무도 떨렸다..이 모든 이들은
다 범죄자들인데........나는 사실 범죄자라고 하긴 좀
그렇고 선량한 시민인데.. 이들 중엔 강간범 살인범
폭행범 등등 다양했다 그들 사이에서 같이 신입방때
처럼 꼭 붙어 아무것도 안하며 지낸다는 것은
참담한 고통이였다. 그렇게 나는 잔뜩 긴장한
상태로 11번 방에 문을 열고 첫 발을 내딛었다.

신입 인사드립니다.
이름 1678 금고 6개월 받고 현재 일주일 지나
출소까지 6개월 남았습니다.

금고? 금고가 뭐야 죄명이 뭔데 금고야?
여기오면 다 징역인데 넌 왜 금고야?

과실치상으로 금고형을 받았습니다.

참..너도 병신이구나 죄도 아니고 아무것도 아닌
오지도 않을 것 가지고 온 병신새끼구나

이것이 내가 가자마자 들은 말이다.

이곳은 교도소의 본방 이미 수년째 살고있는 놈들
앞으로도 4년, 17년 최소 7년을 살아가야 할
범죄자 중에 범죄자 들 너무 무서웠다.

그리고 이들은 참.. 어리숙하다
죄명으로 사람의 등급을 판단한다. 살인범은
묵직한 별이라며 대우를 해주고 폭행범도 대우를
해준다. 그러나 강간범은 여기 사람들 조차도
인간대우를 안하고 괴롭힌다. 나는? 죄도 아닌
죄라며 무시를 당했다. 자기들은 7명을 죽인
연쇄살인마 라는 둥 40억을 횡령한 경제사범이라는

둥 허세와 쎈 척이 장난 아니였다
그리고 이들은 확실히 신입방의 새싹들과는 결이
달랐고 분위기가 달랐다. 일단 하루하루 엄청
재밌게 놀이를 하며 시간을 보내고 가만히 앉아있지
않는다. 신입방때는 말도 안되는 화장실에서
세면대도 없이 쭈그리고 씻었는데 여기는
플라스틱으로 세면대를 만들어놨다. 그리고 각
벽마다 종이로 선반도 만들어놨고 야한사진도
붙혀놨다 또 여기는 시계도 있고 달력도 있었다
그리고 이들은 절대 그 맛없는.. 토나오는 밥을
먹지않고 요리를 해서 먹는다. 각자 범죄자들이라
그런지 잔머리가 비상했다. 종이로 만든 화투패로
화투도 치고 바둑도 두고 장기도 두며 윷놀이까지
한다 그렇게 이들은 하루하루 재밌게 살아간다.
내가 아무리 슬프고 힘들어 하나 이렇게 맘을
내려놓고 편하게 지내나 어쨌거나 저쨌거나 나는
이곳에서 꼼짝없이 갇혀 생활을 해야 한다는
것이다. 내가 인생 처음으로 온 교도소의 본방은
11번 방 이였으며 이때 나를 제외한 8명은 모두
이들에게 듣기로는 최소 7명을 죽인 중범죄자들
이였고 나만 x밥 같은 죄명이였다 그렇게 나는
무시를 당하고 변기통 청소를 하며 막내로써

자는 곳 역시 변기통 앞에서 잤다. 그래 이곳에
왔으니 이곳 룰을 따라야지. 신입방과는 다르게
본방은 룰이 있었다. 몇 시에 무엇을 해야 하며 몇
시에 무엇을 해야하며 다 정해져 있었고 그 일은
막내인 내가 다 하는 것 이였다. 금방이지..나도 내
뒤로 신입이 들어오기 전까지 나는 막내로써
살인자들 사이에서 쫄은 상태로
하루하루 살아냈다.

본방에서의 첫 번째 식사 시간이 왔다
이들 중 한명이 들어오기 전 사회에서 쉐프를
했다. 이들은 화려하다. 도구를 만들었다

칼 도마 등 도구를 다 만들어 놨다 머리가
비상하다 하긴..윷놀이와 화투패도 만들고 선반도
만들어 놓는 놈들인데.. 교도소에는 흉기가
될만하거나 자살을 할 수있을 만한 도구는 전혀
지급되지 않는다 즉 칼과 가위 쇠젓가락 등 그
어떤것도 조금이라도 무기가 될 만한 것은 지급되지
않는다 모든 밥그릇과 수저는 플라스틱이며 모든

도구는 다 플라스틱이다.

근데 그 플라스틱으로 칼을 만들어놨다 대단하다
그리고 소세지와 훈제치킨 참치 김치 고추장 간장
참기름 라면스프 등등으로 갑자기 찌개를 끓인다

아니 불은 어딨고 냄비는 어딨는데..?

두루마리 휴지 12개 셋트 시키면 나오는 그
길쭉한 비닐을 한 3겹으로 만들고 그곳에 저 양념을
넣고 뜨거운물 (편의점가면 컵라면에 물 붓는 그
뜨거운 정수기?) 그곳 뚜껑을 열어 그곳에 넣는다

그리고 수 시간 후 그것을 꺼낸다

즉 끓이는 것이 아니고 뜨거운 물에 데피는
것이다 이것이 바로 징역찌개 이다.

일주일간 토나오는 밥으로 제대로 먹지도 못해
일주일간 굶은 내가 본방에서 처음 맛본
징역찌개는 세상 궁극의 맛 이였다. 눈물이 핑돈다

세상에...

어떻게 이런 맛이...이건 환상이다 세상 이렇게
맛있을 수가 없다. 이렇듯 이들은 매끼 그냥 먹지
않고 징역 비빔면, 징역찌개 ,징역 비빔밥등등 늘
요리를 창조해서 먹는다. 그러나 신입방에선
4명이라 널널했던 식탁이 9명이서 먹기엔 한없이
좁았다. 8명이 먹기엔 딱이지만 9번째 사람이 끼면
8명 모두가 불편해 진다. 막내인 나는 바닥에서
먹으라고 하였다 모두 식탁에서 먹을때 나는 개처럼
바닥에서 먹었다. 이때도 참아냈다..그래 룰이니까
그대신 이들이 나에게 지역찌개라는 환상의
찌개를 선사해 주었으니까.. 그렇게 징역찌개를 한
세 번 맛봤나? 갑자기 어떤 한 놈이 와서 바닥에서
먹고 있는 내 밥그릇을 발로 차며 낄낄 웃는다.

이때 나는..참았던 고삐가 풀려 눈이 돌아가
이성을 잃었다

이 씨발새끼..

야이 개새끼야 소리 치며 내가 일어나자 이들이
갑자기 당황하기 시작하며 7명이 모두 쉬 쉬 제발
쉬..하며 검지 손가락으로 입을 가르키며 나에게
시비걸었던 그 놈 (여긴 다 서로 나이도 모름)
그놈도 갑자기 발을 빼며 뒷걸음 질을 친다

뭐지?

사람 7명 죽인 레전드들 이라매? 근데 나한테
쫀다고?? 이들 모두가 갑자기 나를 제발제발 하며
말리고 꼬리를 내린다. 그러나 나는 이미 고삐가
풀려 그놈에게 쌍욕을 하며 돌진하자 모두가

제발...이러면서 말리는 사이 CRPT가 도착해
나와 그 밥그릇 찬놈을 진압 하였다.

왜그러나 알고보니

어느 방이든 싸움이 나면 그방은 깨진다.

방이 깨진다는 말의 뜻은

9명이 모두 흩어져 다른 방의 막내로 9명이
들어간다는 소리다 즉 넘버1 방장부터 넘버 3까지
올라가기까지 자신들도 고생하다 이제 방장이 되어
편해졌는데 밑에서 싸움이 나서 괜히 방이 깨져
자신은 다시 다른 방 막내로 가야한다는 것이다.
그리고 이 방이 깨지는 순간 여기서 만난 8명은
이제 영원히 못 보는 영원한 바이바이 이다 또 싸운
당사자들, 만약 폭행까지 이어졌다면 주먹 한방에
현재 형량에서 +6개월이 추가 된다

그 어떤 사람도 이곳에 들어오면 하루가 1년 같고
하루가 지옥 같은데 내 화를 못 이겨 주먹 한방에
6개월을 +시킨다? 이럴 수 있는 깜냥을 가진
사람은 없다. 누구도 그럴 수 없다.
이곳은 하루도 참아내기 힘든 곳이다 그런 곳에서
6개월을 추가 맞는다는 것은 자살로 이어진다.

나 역시 그놈과 폭행까진 이어지지 않았으나
싸운 당사자로써 그렇게 징벌방..(독방)에 가게
되엇다

독방

젠장..씨발..괜히 욱 했다 참을껄..

독방은 더더더더더 정신적으로 미치는 곳이다
신입방과 본방은 행복이였다. 그 지옥같은
신입방과 본방이 행복이라고 느껴 질 정도로 독방은
지옥중에 지옥이다. 독방은 정말 사람 한명 딱 누울
수있는 가로 길이와 세로는 반쯤 접어도 서로 닿는
좁은 폭이다. 그리고 이 방은 TV 시청도 주어지지
않는다 (본방은 정해진 시간에 TV를 봄)
그리고 대화 할 수 있는 상대가 없다
그리고 놀이가 없다 아~~무 것도 없는 텅빈
1평짜리 공간이다. 시계? 당연히 없다 이곳에서
나는 3일간 갇히게 되는 독방신세를 지게 되었다.

미친다 새벽 6시에 일어나면 누구와도 대화도
못하고 아무도 없는 아무것도 없는 곳에서 그저
멍하니 멍때리는 것이 일과였다. 밥은 다시
토나오는 오리지널 징역밥을 쌩으로 먹었어야 했다.

이곳 독방은 벽을 치면 옆 독방에 울린다.
그럼 옆 방에서도 답변하듯 쳐서 울려준다.

보통 3~4일은 지나야 미치는데 여기는 오자마자
첫날부터 미칠 것 같다. 돌아버리기 직전이다

독방에서는 자살하는 사람도 엄청 많다 실제로 이
방에서 나는 무려 6명이 자살하고 나가는 것을
보았다. 이곳은 분명 자살이나 살해를 할만한
흉기가 될만한 도구가 지급되지 않는데.. 어떻게들
자살을 하지? 나도 자살하고 싶은데 방법이
없는데..? 이들은 역시 진정한 빵쟁이 들이라 머리가
비상하여 그 와중에 흉기를 만들고 도구를 만들어
자살을 한다..목매다는 줄도 만들어서 목을 맨다.

그렇게 하루에 몇 명씩 죽어나가는 독방에서
아무것도 없는 텅빈 1칸짜리 방에서 아무도 없이
혼자 정신병에 걸려 인간의 한계를 느끼는 중
갑자기 옆방에서 쿵쿵쿵..나를 부르는 듯한 소리가
들려 반 미친새끼 처럼 나도 답변으로 쿵쿵쿵 쳤다

그러자 쿵쿵쿵쿵 네 번이 또 들려 나도 쿵쿵쿵쿵
네 번을 답해주었다. 뒤이어 사람의
목소리가 들렸다

안녕하세요?

선명하게 들렸다 어떻게??

내가 안녕하세요 라고 하자 내 말은 안들릴 것
같은데?? 그러자 옆방에서 또 말이 들려온다

벽에다 입을 대고 말씀해 보세요

안녕하세요

네 들리네요

우리는 그렇게 서로 독방에서 얼굴도 모른채
사람이 그리워 한계를 맞을 때 그렇게 대화를
나누었다. 그때 그분의 말에 의하면
본명인지 가명인지..알 수 없으나 이분의 이름은
신정용 이였다.

나이역시 진짠지 거짓인지 알 수 없으나 나와
동갑이라 하였다.

이분께서 나에게 여기 어떻게 오게 되었냐 물었고
나는 11번방에서 처럼 똑같이 교통사고로
과실치상이라 말했더니 , 어쩌다 독방에 오게
되었냐고 물어 그곳에서 괴롭힘을 당해 참다참다
싸워서 왔다고 말하였다. 이때 이 분께서 저에게
말하길... 그렇게 거짓 없이 순수하게 자신의 죄명을
밝혀서 무시당한 것 입니다.

무슨말이죠?

이곳은 다 잡범에 잡쓰레기들 이에요
진짜 나이40살 처먹고 슈퍼에서 찌질하게
14만원 훔쳐서 들어온 놈들이 말은 40억 횡령한
것으로 말하고 , 찌질하게 지나가는 여자
성추행으로 와놓고 7명 살인하고 왔다고 말하는
놈들입니다. 이곳은 모두 범죄자 구라쟁이들
믿을만한 종자가 아닌 잡놈들, 그들 사이에서
살아남으려면 1678님도 자신의 죄를 솔직하게
말하지 말고 뻥튀기 하셔야 무시를 안 당합니다.

헐..........

그런거 였나요 어쩐지 11번 방은 죄다 강력범인데
나같은 초짜 교통범을 그런 강력방에 넣는다 했네요

11번방? 몇 층이였죠?

네 저는 가-82-11입니다.

그 방의 놈들은 다 잡범입니다.

헐..이런 사기꾼들..!!!!

1678님 이곳에서 나가 다시 본방에 가시면 제가
한말을 기억하세요 그리고 .. 당신이 그들을 보고
범죄자라고 두려움을 느꼈듯이 그들도 1678님을
범죄자로 보기에 그들도 당신을 두려워 할 것입니다
잡놈들에게 쫄지 마세요 그리고
버티세요 독방을 버틴다면 본방은 행복하실
것입니다.그리고 밖에서 당신을 기다리고 있을
사람들을 떠올리세요 그것이 이 독방에서
살아남는 법입니다.

감사합니다..88년생 신정용씨 당신 역시 범죄자
사기꾼이기에 지금 얼굴도 서로 볼 수없는 나에게
굳이 본명과 나이를 공개한다는 것을 100%
믿어지지 않지만 이름을 말해주셔서 당신의 말에
신뢰를 가져봅니다. 그리고 배웠습니다.

신입방 일주일 + 본방 하루

처음엔 스스로 나는 빵쟁이가 아니고 사회인이다
생각했기에 감옥에 있는 내가 적응이 안되고 정신을
못차렸지만 이 모든 것들이 경험이 되어 이제
사회인에서 빵쟁이로 진화하는 과정이라 생각하고
이 곳에서 배우고 내공을 쌓겠습니다.

그렇게 지옥중에 지옥같은 3일을 나는 옆방에
신정용씨 덕분에 하루하루를 잘 깰 수있었다
우리는 서로 얼굴을 모르지만 목소리만으로도
소통과 공감을 했고 동갑이여서 말도 놓고 친구처럼
대화를 하루종일 나누다 보니 3일이 금방 지나갔다

정용아 3일간 나와 대화해줌으로 나의 독방생활의
끔직한 시간을 다 깨주어서 고맙다.

3일 후 나는 다시 본방으로 전방이 되었는데
정용이는 무슨 죄를 지었는지 독방 한달이라
하였다.. 나 먼저 갈게..비록 너의 얼굴은 끝까지
못봤지만 너 목소리..꾀나 좋은 놈이고 나에게 좋은
말과 감옥의 가르침을 주어서 고맙다.

참고로 정용이는 이번에 4번째 들어온
빵생활이라고 하였다.

적응기

독방생활을 마치고 내가 다시 부여받은 명찰은
나 52-07 이였다

이젠 딱 보면 알겠다

나동에 5층 2호 라인에 7번방이란 소리구나
나도 이제 반 빵쟁이가 되었구나. 7번방..?
7번방의선물인가?

처음 본방에 올라갈 때처럼 긴장도 되지 않았다

왜냐 하면 나는 독방이라는 더 지옥을 경험하고
돌아온자, 그리고 내가 독방에 있다가 왔다는
사실은 가게 되는 새로운 방에 이미 알려져 있었다.

즉 , 나52-07에 오늘 들어오는 신입
독방에 있다가 오는 신입이다 라는걸 그들이 알고
있었기에 나는 각성하고 들어갔다.

그래 정용이 말에 의하면 내가 이들을 보고
범죄자라고 무서워하듯 이들도 나를 보고
범죄자라고 무서워 할 것이다. 그리고 나는 독방에
다녀왔고 독방을 갔다 왔다는 사실 자체가 나는
여차하면 싸움을 일으켜 방을 깨트리는 놈이라는걸
이들이 인지하고 있을 것이다. 배운대로 하자

새로운 본방에 첫 문이 열린다

신입 인사드립니다. 금고6개월 받고
출소 6개월 남았습니다.

죄명이 뭔데 금고 6개월이야?

지나가는 사람을 패서 척추뼈를 뿌러트려 전치
8주의 상해를 입혀서 들어왔습니다.

응??

지나가는 사람을...왜..? 갑자기?

아니뭐..그냥..심심해서..
심심해서 야구방망이로 쳐보니 척추뼈가 뿌러저
8주 나왔더라구요

이때 그들의 표정은 아 제대로 또라이다
라는 표정이였다 이놈은 여차하면 싸움을 내서
방을깨고 독방을 다녀온놈 + 싸이코패스 또라이다

그러자 정말 거짓말 처럼 이들이 나를
대접해 주었다. 이쪽으로 오세요 이쪽에 짐
푸시구 여기가 1678님 자리입니다.

일단 존댓말을한다.

그리고 그 자리가 변기통 앞이 아니다.

그렇게 대접받는 하루하루를 지낼수록 나 역시
서열이 올라갔고

두달 쯤 되었을때 나는 7번방의 방장이 되었다.

어떻게 그렇게 빠르게 방장이 될 수 있었느냐?
내가 있던 방은 "미결수" 방이다

교도소에는 두 가지 분류가 있다.

황토색 죄수복은 미결수
파란색 죄수복은 기결수이다.

미결수는 말 그대로 재판이 아직 안 끝나 형량이
확정이 안된 사람들이며 기결수는 재판이 끝나서
형량이 확정된 사람들이다. 나 역시 단순
교통사고에 6개월은 부당하다 생각하여 항소를 했고
2심이 아직 안 끝났으니 미결수이다.

미결수방은 기결수방과 다르게 서열진급이 빠르다
내가 넘버 6일 때 넘버5가 갑자기 재판이 잡혀
재판받고 집행유예로 풀려나 내가 넘버5가 되기도
하고 우리 방 방장부터 넘버3 까지 갑자기 재판에서
형량이 확정돼 기결수가 되어 기결수 방으로
이감을 간다

그렇다 미결수 방은 모두가 길어야 일주~이주일
이면 빠이빠이를 하는 방이다. 그럼 그 처음에
11번방에 놈들은 다 ..진짜 별거 아닌 놈들 잡놈들
어차피 길어야 2주 볼 놈들이 나에게
그런거였구나 개자식들...

그렇게 나는 7번방에서 대접을 받으며

무려 두 달이라는 시간이 흘렀다.

미결수방 에서 두 달이면 두 달씩이나 이다 이제
나는 7번방에 방장이 되었고 이방에 룰과 국법은
내가 정하며 이 방 최고의 고인물이 되었다.

그때 막내라인
7,8,9 서열들이 적응 못하고 울고 있고
우울해하고 있을 때 가서 어깨를 두드려주며
위로를 해준다.

나도 다 겪은 일이야 처음오면 다 너네처럼 그래
그러나...그렇게 울어도 이렇게 웃어도
우린 어차피 여기서 갇혀서 시간을 보내야해

너가 그러면 너는 시간이 더 안가고
너의 징역은 곱징역 이 될거야

이젠 나의 후임들에게 조언까지 해준다.

그리고 나는 평화로운 방을 만들었다

나 역시 서열 8,9가 싸워서 이 방이 깨져
다른 방 막내로 다시 가기 싫었다. 방장이 되면
마치 군대의 병장처럼 왕이 된다. 내 세상이다
우리들 세상의 전부는 이 방 한칸이 우리 세상의
전부기에 내 나라가 된다. 그래서 나는
막내라인들도 불만을 갖지 않도록 모두가 똑같이
돌아가면서 청소를 했고 보다 화목하고 화기애애 한
우리 7번 나라에 국법을 내가 정했다

행여나 내 말에 대드는놈은 없길 바란다
이건 나에게 주어진 왕권으로 명하노라
참고로 나는 지나가는 사람을 심심해서
뼈 뿌러트리고 온 싸이코란다

왕이 된 나의 하루 일과는 사뭇 다르다

6시면 기상을 해서 6시 30분에 들어오는 밥을
셋팅하고 7시에 분리수거를 나가고 8시에 뜨거운
물을 받고 9시에 라디오를 듣다가 10시에 운동을
나가고 11시에 점심을 차리고 하던 그 와중에도
바쁘던 막내시절과는 다르게.. 왕의 하루는 달랐다.

돈도 많았고 먹고 싶은걸 사먹거나 입맛 없으면
라면을 사먹기도 했다.

커피 녹차 유자차 율무차 등등 차도 종류별로
있었다. 물론 다 내 개인물품이다. 나보다 후임들이
커피가 먹고 싶거나 녹차를 먹고 싶으면 내가 줘야
먹을 수 있는 것 이였다. 먼저 나에게 달라고 말을
절대 할 수 없다. 그것이 이 세계의 룰이다.

밤 9시면 의무적으로 취침해야 하는 막내
라인인데 지금 난 잠이 오지 않아 새벽1시인 지금
이 시간에 이 원고를 쓰고있다.

내가 낮에 녀석들에게 늘 말한다.

나는 아침식사를 안 먹으니 굳이 6시 30분에
식사하라고 깨우지 말고 시끄럽게 처먹지들마라
특히 쩝쩝거리지말고 조용히 먹어라 그리고 나는
10시에 일어날테니 10시까지 날 깨우지말고

아침식사들 조용히 하고 조용히 치우고
분리수거 조용히 해라

그렇게 나는 새벽까지 원고를 쓰다가
잠에든다

신입방의 처음과 본방의 막내일 때는 하루하루
극한의 통곡을 하다가 지쳐 깜빡 잠들었는데

지금은 내가 자고싶을때 까지 원고를 쓰다가

스스로 잠에 든다.

무섭다 내가 이곳에 적응을 하다니

이젠..사회인의 내 모습이 기억이 나질 않는다

나는 그렇게 100% 빵쟁이가 되었다

내가 사회에서 뭐하는 사람 이였는지 누구였는지
잊어버리게 되었다. 빵쟁이가 될수록 징역바보가
되어 사회에서의 내 모습은 잊혀져 간다.

외모도 많이 변했다 두 달간 면도와 이발을 하지
못해 거울속에 비친 내 모습, 죄수복과 이제는 제법
바래진 명찰표, 예수님머리 + 두 달간
면도 못한 수염

지금 내 모습은 사회에 나의 외모와는
전혀 다른 모습이였다

그 모습은 마치 사회에 나는 죽었고 빵쟁이의
1678의 모습이였다

나름 사회에 있을 때 꽃미남 이였는데
인기도 엄청 많고 피부도 하얗고 얼굴도 매우
작고 이쁜 외모였는데 지금 그 모습이 전혀

떠오르지 않는다 . 내 이름이 뭐였지..

10시까지 푹 자고 느지막하게 일어나
기지개를 펴고 바로 주방 찬장에 가서 모닝커피를
탄다 그때 나를 기다린 후임들의 눈망울이 느껴진다

너도 줘? 자~ 먹어

그때 그들은 내가 일어나길 기다렸다는 듯이
차를 타 마신다.

나는 커피를 탄 컵을 들고

운동을 나간다 눈뜨자마자 나는 운동으로 하루를
시작한다 운동을 하고 들어와 샤워를 하면
녀석들이 점심을 셋팅해 놓는다

그럼 점심을 먹고 다시 낮잠을 좀 잔다

그렇게 오후가 되면 일어나 녀석들과 장기, 바둑,
윷놀이를 하며 잡담을 하며 시간을 보내다가 해가
지면 나는 이렇게 내 개인 책상에

앉아 원고를 자필로 쓴다.
이것이 방장의 하루 일과 이다.

　방장이 돼서 일까? 아니면 내가 이곳에 적응이
돼서 일까 처음과는 다르게 하루하루가 편안하고
시간이 제법 잘 흐른다. 처음에 이곳에 하루는 마치
1년보다 길었다. 그러나 지금 여기서 하루는 아니
일주일은 금방이다. 웃긴다 인간은 적응의 동물이라
그랬던가.. 처음에 내가 이곳에 와서 적응을 못하고
매일매일 눈물로 보내며 밥도 못먹고 잠도 못잘 땐

　정신도 마인드도 사회인인데 감옥에 처음 와보니
　적응이 안되었던 것 지금은 정신도 마인드도
　빵쟁이라 이곳이 편해진 것일까? 일요일마다
　종교활동도 나간다 나는 기독교를 선택해 나가서
　기도드린다. 하늘에 계신 아버지여 ..

　　　저를 다만악에서 구하소서

외부병원 입원 (항소)

원래라면 교도소 안에서 항소를 하고 2심이
열릴때 까지 교도소에 있다가 교도소에서 죄수복을
입고 법무부 버스를 타고 법원에 가서 재판을
받는것이 2심의 국룰이다.

나 역시 사고난 이후 1심이 열릴때 까지 시간이
꾀나 걸렸듯이 2심도 항소 하였다 해서 바로 열리는
것이 아니라 언제 열릴지 아무도 모르며 재판이
많이 밀려있는 상태라 기약없는 대기를 해야 한다.

그때까지 미결수 신분으로 아무 생각없이
하루하루를 보낸다. 나 역시 신입방에 들어오자마자
항소를 하였고 변호사를 선임해 바깥일을 전부
맡겼다 변호사 접견이 수시로 왔고 현재 진행
상태를 알려주었다.

피해자가 보험 합의금 말고
개인합의금 3000만원을 주면 처벌불원서
써주신대요

처벌불원서 : 피해자는 가해자의 처벌을 원하지
않습니다. 선처해주세요 판사님
이 처벌 불원서가 들어가면 1678님은 많이
형량이 줄어 사실상 거의 바로 출소가 가능합니다

네 진행해주세요 3000드립니다.

나는 고민할 것 없이 바로 개인 합의금을 보냈다.

그러면 바로 나갈 수 있을 줄 알았는데 아니였다
합의는 형량의 양형 문제이지 유죄가 무죄가 되는
것이 아니기에 바로 석방이 되는 것은 아니다.
합의를 했어도 2심을 기다리고 2심이 열려
2심에서 판결을 받고 출소하는 것이다. 이때 나는
이곳에 들어오기 전 원래 갖고 있던 지병

심장병이 극도로 악화 되었다 아마도 감당할 수
없는 스트레스와 극심한 고통으로 악화 되지 않았나
싶다. 나의 지병의 병명은 확장성심근병증이다.
심장병이 너무 아파 교도소 안에 있는 의무과를
가서 진료를 받았으나 그곳은 전문의가 아닌
비전문의가 대충 응급만 처치하는 곳이다.

교도소에 의무과 사람이 나를 진단하더니
다급하게 의무과 과장에게 보고를 올리고 나는 그
만나기 힘들다는 의무과 과장이랑
면담을 하게 되었다.

너는 당장 나가서 외부병원에 가서 진료를 받아라
이곳에서 감당할 수 있는 병이 아니구나
나는 그 길로 외부병원에 나가 대학병원에서
진료를 보게 되었다.

외부병원을 가면 죄수복을 벗고 환자복을 입고
만약 입원을 하게 되면 환자신분으로 자유를 돼
찾을 수 있을 줄 알았다. 그리고 인권을 보호받을
수 있을줄 알았다. 하지만..역시 인권은 개나줘버려

나의 예상과는 다르게 나는 그 많은 사람들
사이에서 혼자 죄수복을 입고 수갑을 차고 발목에
발목수갑까지 차고 진료를 받아야 했고
입원 역시 죄수복을 입고 병원 침대에 수갑을
차고 입원했다. 모든 사람들이 다 처다본다 혹시나

나를 알아보는 사람이 있을까봐 겁이난다 인권이
전혀 없다.

그리고 자유는 무슨... 환자침대에서 내려오지도
못하게 침대와 나를 수갑과 포승줄로 묶고 24시간
그 침대에서 내려오지도 못하게 구속되며 병실에
교도관이 같이 있는다. 그리고 다른 환자들이 계속
처다봐 오히려 이곳이 더 감옥이다.

실제 감옥에선 내가 방장으로써 편하고
놀이도하고 대화도 하며 시간을 잘 보내는데 이곳은
마치..독방처럼 아무것도 없는 병실에서 침대에서
내려오지도 못하고 아무것도 하지 않으며 치료만
받는다. 더 심심하고 더욱 개같다.. 그곳에서 오히려
많은 사람들이 처다봐 더욱 스트레스를 받아 병이
더욱 깊어질 것 같아 교도관과 의사에게 말하였다

제발 나를 다시 감옥으로 보내주세요

그렇게 나는 정신이 나간 반 정신병자 처럼
감옥에 다시 나를 보내달라며 애원하고
사정하였다. 그러자 그 대학병원의 의사가
교도관에게 말하였다. 이 환자의 상태는 매우

심각해 보입니다. 원래 다니던 병원에 원래
담당하던 의사에게 가야할 것 같습니다.

나는 병원을 옮겨 원래 다니던 대학병원으로
전병을 가게 되었다.

아...안되는데 내가 다니던 병원은 3년째 수시로
다녀서 그 곳 병동에 간호사님들과도 다 아는
사이고 나를 3년째 봐주셨던 교수님에게 이렇게
죄수복을 입고 수갑을 찬 모습을 보여주기 싫은데
내 인권은..없냐고 이 개자식들아 내 결정은 없냐고

나를 그냥 다시 감옥에 처 넣어달라고 제발

불행중 다행인걸까 나의 담당교수님께서
상황 파악을 완료 하자마자 교도관에게 나의
진단서를 써주셨다. 그것도 엄청 강력하게..

이것이 개인적으로 나랑 친분이 있다 하여 써주신
건 아닐테다 법적으로 위법일테니까
사실을 기반으로 하돼 강하게 써주신 것 같다.

진단서 : 상기 환자는 아주 심한
심장기능부전으로 인한 심부전이다 수차례
입원치료를 받았던 환자이며 확장성 심근병증은
중증난치성 질환에 해당하는 질환이다 현재 환자의
심장기능은 정상인에 비해 약 30% 미만으로 떨어져
매우 위중한 상태이다.

이 진단서를 본 교도관이 이정도 병이면 너
잘하면 병보석으로 출소할 수도 있겠는데?
병보석이란 형집행정지를 말한다. 우리나라는
미친새끼는 죽이지 않는다 병원에가서 치료를
받게하지, 이렇듯 오늘 내일 하는 환자는
구속시키지 않고 병원에 가서 치료를 받게 한다.

이 사실을 나의 변호사에게 알렸고 변호사가 이
진단서를 가지고 법원에 제출하고 교도소에
제출하였다. 그리고 얼마 지나지 않나 나에게

결정문 하나가 날아왔다.

그 결정문은 하늘의 편지이며 신의 편지였다.

형집행정지(출소)

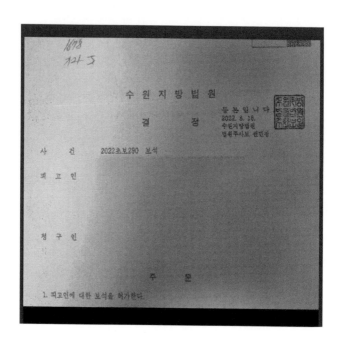

수 원 지 방 법 원

결   정

등 본 입 니 다
2022. 8. 16.
수원지방법원
법원주사보 권민정

사   건   2022초보290 보석

피 고 인

청 구 인

주   문

1. 피고인에 대한 보석을 허가한다

피고인에 대한 보석을 허가한다..
신이시여 하늘의 신이여 감사합니다
감사합니다 감사합니다 감사합니다

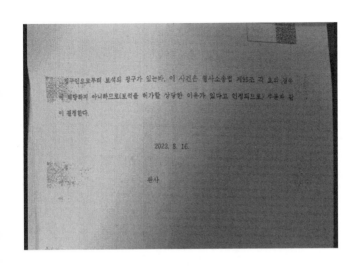

피고인은 보석을 허가할 상당한 이유가 있다고
인정되므로 주문과 같이 결정한다

하늘에 계신 우리 아버지 아버지의 이름을
거룩하게 하시며 아버지의 나라가 오게 하시며
아버지의 뜻이 하늘에서와 같이 땅에서도
이루어지게 하소서 오늘 우리에게 일용할 양식을
주시고 우리가 우리에게 잘못한 사람을 용서하여 준
것같이 우리의 죄를 용서하여 주시고 우리를 시험에
빠지지 않게 하시고 다만악에서 구하소서

나라의 권능과 영광이 영원히 아버지의 것입니다.

두 달전

나에게 악마의 편지가 온 그 날
피고인을 구속한다는 판결문이라는 종이를
받자마자 받음과 동시에 바로 세상과 마지막 인사
할 시간도 없이 일사천리로 마치 짜여진 듯 감옥에
갇혔듯이 지금 이렇게 신의편지 결정문

피고인의 보석을 허가한다.

이 한줄이 적힌 종이를 받음과 동시에

일사천리로 모든 교도관들이 철수를 하였고 나는
바로 환자복으로 환복을 하며 나의 몸을 감싸고
있는 포승줄과 수갑을 풀고 그 자리에서 마치
짜여진 듯 순식간에 사회인이 되었다..

그리고 1678의 이름을 벗어 던지고

나의 본명을 돼 찾을 수 있었다.

어안이 벙벙하다 나 지금..그럼
지금 나 여기 편의점..내 맘대로 가도돼..?
정말..?

신이시어..........
눈물이 ..흘러 평생을 살면서 이렇게 크게 울어본
적이 없습니다. 어릴 때 보다 더 크게 울었습니다.

자유의 몸이 되자마자 저는 편의점에 가서

이것저것을 사먹었습니다 미친듯이요

그리고 병원 주변은 나의 자의로 걸었습니다
미친듯이요

걷는다는것 바깥 공기를 쐰다는 것 자체가 너무나
행복이고 내 다리로 땅을 걷는다는 것 자체는
너무나 큰 행복입니다 저는 이 순간 무엇도 부럽지
않으며 하늘을 보며 그저 눈물을 흘립니다.

이번 일이 저의 인생 전부를 앗아갔습니다.

한순간에 전과1범이 되어 전과자가 되었고
수천만원을 잃었으며 집을 잃었습니다.
그리고 지금 병으로 보석이 된 것이지 저의
재판이 끝난 것이 아닙니다.

아직 2심 항소가 남아있으며 2심 재판부는 이
원고를 다 쓰고 난 이후 두어달 후 열릴 것인데
저는 이미 석방이 된 몸으로 이젠..교도소에서
대기가 아닌 바깥 세상에서 바깥일을 하며 일상을

보내다가 2심때 사복을 입고 2심을 받으러 가는
상황이 된 것입니다.

2심때 다시 구속될 일은 없습니다. 애시당초
2심때 다시 구속이 될 사람을 이렇게 석방시키지
않습니다. 그래도 끝날 때 까지 끝난게 아니라고
아직 2심이 끝나지 않았으니 저는 지금도 긴장의
끈을 놓진 않습니다. 아직도 어안이 벙벙하고 저는
마치 긴 꿈을 꾼 것 같습니다.

약 두 달간의 그곳의 생활..평생 잊지 못하며
평생 트라우마로 남아 저의 인생에 각인이
되었습니다. 겁이 납니다 무섭습니다 떨립니다
구속되기 전 저는 인생의 전성기를 맞아 하루하루
세상 무서운줄 모르고 겁도 없이
안하무인 처럼 살았는데 지금..저의 성격도 완전히
변하였습니다.

그곳에 들어가기 전 나의 모습과
지금 저의 모습은 전혀 다른 사람이 되었습니다.

모든 것을 순식간에 앗아갔고 저는 모든 일에
두려움을 느낍니다. 그곳이 아니면 배울 수 없는
것들을 많이 배웠고 느꼈고 소중함을 깨달았습니다.

지금까지 산 날 보다 앞으로 살 날이 더 많으니
정신을 다시 부여잡고 새출발을 해야 하지만
그곳의 일이 그렇게 쉽사리 잊혀지지가 않네요
저는 지금...위로가 필요합니다

잘 나가던 한 사람의 인생이 한순간에 사라지는
길고 긴..꿈 이였습니다.

누구나 한순간에
전과자가 될 수있다.

지금 이 글을 읽고 있는 당신이 내일밤을
교도소에서 자게 될 것임을
1% 라도 과연 예상할 수 있겠습니까?

아마 아무도 못 할 것이다. 누구도 예상 못 할
것이다 아 물론 누가 봐도 내가 봐도 내가 범죄를
저질렀다면 예상이 가능하겠지 말이다. 내가 사람을
죽였고 고의로 사고를 냈고 누군가의 재산을
사기쳐서 탐하였다면 내가 교도소에 갈 것임을
예상하겠지만 그렇지 않고서야 누구도 예상 할 수
없는 일이다. 한순간이다

평생을 성실하게 살아왔고 순수하게 일만 하고
살아온 정신이 건강한 청년이 한순간의 찰나의
순간에 위법을 하게 되었고 그 것으로 실형을 받게
되고 구속이 되기까지 일은 일사천리 이다. 너무도
빠르게 진행된다. 여기서 누구나 한순간에 전과자가
될 수 있는 상황을 말하겠다.

실제로 나는 교도소에서 생활을 하며 그곳에서
만난 모든 사람들이 다 나쁜놈은 아니였다 다
중범죄자 다 살인마 강간범이 아니였다. 물론 그런
사람들도 있었지만 50% 절반 이상은 다
어처구니없이 한순간의 실수로 이 곳에 오게 되었다

아니 뭐 이런걸로 실형을 맞았다고?

생각들 정도로 누구나 평소에 일상에서 하는
행동들로 구속이 된 사람도 있다

지금 이글을 읽고 있는 당신도
2시간전에 한 일이다.

다는 기억 안 나지만 가장 어이없던 구속은

인터넷에 댓글로 악플을 달았는데 고소를 당했고
그 악플 한 줄로 실형을 맞아 구속된 사람도
있었다 댓글만 안썼어도...

심지어 헤어진 여자친구에게 욕을 했다고 구속이
된 사람도 있었고 자신의 sns에 아무생각 없이
예뻐서 올린 사진 한 장이 저작권법에 걸려 구속된
사람이 있었고 또 외국 야동을 보려고 다운받았는데
무슨 말인지 몰라 한글로 번역했다가 구속된
사람도 있다. 또 어떤 사람은 동네에 아끼는 동생이
잘 곳 없다 하여 모텔을 잡아주었는데 그 동생이 그
모텔에서 마약을 먹어서 장소제공 했다고 구속된
사람도 있었다. 얼마나 어처구니들 없는가

지금 말한 이 사건들의 당사자들은 본인이 구속될
것 이라는 것을 과연 1%도 예상 할 수 있었을까?

세상은 참 무섭고 말랑말랑하지 않다

또 어떤 이는 사람이 북적북적 많은 시내에서
뒤돌아보다가 뒤에 지나가는 모르는 여자의
가슴부의를 실수로 팔로 건드렸다. 그것으로 구속이
되었다 한순간이다. 이 사람은 아무 생각 없이 그냥
길을 걷다가 한 번의 찰나의 순간에 구속이 되었다.

그리고 성범죄여서
출소 후에도 5년간 전자발찌를 차고 신상정보가
공개된다 얼마나 억울한 사람인가

물론 고의로 자의로 여성의 가슴을 터치하면
중범죄임이 틀림없다. 그러나 이 사람은 정말
고의가 아닌 실수로.. 뒤돌아 보다가 맞은거 아닌가?

만진게 아니고 닿은거 아닌가?

그래서 이 사람도 징역이 아닌 금고형을 받았다.

세상에 구속되는 법은 너무도 쉽고 다양하다
지금 와서 생각해보면 내가 평소에 아무 위기감
없이 해오던 모든 것들이 다 구속 될 수 있는
아찔한 순간들이다. 심지어 어떤 사람은 땅에서
길에서 5만원을 주었다가 점유이탈물횡령죄로
들어온 사람도 있다. 아니 땅에 떨어진 돈을 누가
안줍겠는가? 주은 사람은 돈이 없는 거지라서
주었겠는가? 아니다 사람이 본능적으로 무의식에

아싸 ! 하고 줍기 마련이다

그러나 그걸 주었다고 실형을 맞았다. 한 평생
착하고 순수하게 살아온 사람을 말이다.

이 나라 법은 잘못되었다. 무고한 사람? 이라고
할 순 없지만 그렇다고 실형을 때려 한 사람의
인생을 송두리채 앗아가니깐 말이다.

나 역시 사람이 살다보면 교통사고 날 수도 있고
낼 수도 있지 그렇다고 실형을 때렸다 이 말이다.

또 다는 기억이 안나지만 이것 보다 더 어처구니
없이 들어온 사람들도 많다. 회사에서 직원이다
보니 사장이 지시한 일을 했을 뿐인데 그것이
잘못된 일이라 구속이 된 사람도 있다. 가정이 있고
아이가 있는 가장이였다. 얼마나.. 억울한가?

지금 이 글을 읽고 있는 당신도
자신도 모르게 그것이 잘못인지도 모르게
지금 구속 될만한 범죄를 저지르고 있을지 모른다

옥중일기(자살기도)

징역을 살면 혹은 징역을 앞으로 살게 될
사람이던지 아니면 이미 징역을 보낸 가족이 있는
사람이라면 이것을 알고가라

그곳은 시간을 보내는 것이 가장 중요하다

시간을 깨는 것이 가장 힘들다 어떻게 서든
하루를 살아내야 한다. 끔찍하다 방법이 없다
너무도 무료하고 심심하다 징역에서 가장 힘든건

아무것도 하지 않고 하루라는 나의 금같은 시간을
허비한다는 것이 가장 힘들다. 오늘 하루 일을
했으면 얼마를 벌 것이며 유튜브를 했으면 조회수가
몇 이며 하물며 아무 무의미없는 춤과 물구나무만
섰어도 운동이 될 것인데 그 어떤 것도 하지 않고
시간을 허비한다는 것이 가장 끔찍한 형벌이다.

나 역시 그곳에서 아무 생산성 없는 무의미한
시간을 허비하다가 이대로라면 나의 시간이 다시
돌아올 수 없는 나의 금같은 시간이 허비 되는 것
같아 이렇게 A4 용지에 무턱대고 원고를 적어낸다.

그곳에서 나의 하루일과를 깨는 방법은 이렇게
글을 쓰며 하루하루 있었던 일을 원고로 일기를 쓴
것 이였다. 글을 쓰면 시간이 잘 간다.

이곳에서 나는 7명의 자살한 이들을 보았다.
그 중 6명은 독방에서 보았고 한명은 본방에서
우리 방에서 보았다. 자살하는 방법은 다양하다
이곳은 무기가 될 만한 것은 지급되지 않는데
이들이 스스로 흉기를 만든다 심지어 담배를 만들어
피우는 놈도 있다 불은 어디서 어떻게 만드는지 참..
머리가 좋다

칫솔의 솔을 다 빼고 끝을 뾰족하게 갈아서
목에다 찌른다

볼펜에 들어있는 작은 스프링을 동그랗게 뭉치고
여러개를 뭉쳐서 큰 동그라미를 만드는데 끝을
뾰족뾰족하게 만들고 삼켜서 내려가는 내내
장기에게 다발성 손상을 일으킨다.

교도소는 생수도 사먹어야 하는데
1.5리터 짜리 물통을 6개 사면 6개 묶음으로
오는데 그때 묶음 손잡이 부분에 짧게 약간 테이프
처럼 되어있는 그것을 여러개 연결하여 줄을 만들고
그걸 쇠창살에 매달아 목을 매단다.

신입때 누구나 지급받는 리빙박스가 있다 그 안에
나의 양말 속옷 죄수복 수저 식판 등등을 지급
받는데 그 리빙박스를 날카롭게 뿌러트려
흉기를 만든다.

운동시간에 어수선할 때 소지 방

소지: 사동 청소도우미

소지방에 몰래 들어가 가위 한자루를 쌔빈다.

그 가위로 손목을 긋는다. 등등 여러 방법으로
자살을 시도한다

특히..살인마 무기직영을 받아 더 이상 한명 더
죽여도 크게 변화가 없는 사람에게 가서
시비를 건다, 어차피 이 사람은 한명 더 죽인다
하여 형량이 늘어나지 않는다 어차피 무기수..

등등 또 내가 알지 못하는 방법으로 다양하게
자살을 한다. 이곳은 아무리 멘탈이 강한 사람도
자살충동이 심하게 느껴진다 나 역시 이곳에서
자살을 하고 싶은 마음이 굴뚝 같았다.. 나는 고작
6개월을 받았고 두 달만에 출소를 했지만 이 곳에서

7년 15년 20년을 받은 사람들은 정말 ..

죽고싶을 것이다.

자살할 용기가 없다면 살아내야지
이겨내야지, 극복해 내야지 이 지옥에서
살아나가면 나는 밖에서 그 어떤 고난이 와도 이
지옥보다는 들 할테니 다 이겨낼 수 있다

이 병신들아 그런 독기를 품고 살아내야지

나는 이곳에서 더 이상 시체를 봐도 감각이
없어졌다 처음에는 시체를 처음보고 놀랬는데 이젠..
그러려니 한다 100% 빵쟁이가 되었다.

그렇다면 이제 나는 하루하루 시간을 보내는 일만
남은건데 어떻게 시간을 깨지? 지금 한..10시간
지난 것 같은데 10분 지났다 환장하겠다..

그때 나는 같은 동기들과 더 이상 나눌 얘기도
없고 더 이상 할 놀이도 없어 이렇게 용지에 글을
두서없이 적어낸다. 이곳에서 밥은 너무 영...입에
안맞아 나는 항상 라면을 먹곤 한다

"나라밥" 감옥에서 주는 콩밥은 토할 것 같이
맛없고 냄새나고 비위생적이다. 인권이 좋아져
예전처럼 대우하지 않고 좋아졌다는데..이게
좋아진거라고??

아주 비위생적이다.

감옥에선 쇠 젓가락도 없다 자살도구가 될까봐
초록색..플라스틱 수저와 젓가락이 제공된다. 분명
1회용 퀼리티인데..이걸 한번 쓰고 버리는게 아니고
계속 씻어서 내가 출소할 때 까지 쓴다..내 식판과
내 수저는 계속... 이곳은 퐁퐁이 없어 설거지도
깨끗하게 할 수 없어 나중에 기름때가 끼고 빨갛게
물들어 아주 찝찝하다. 밥은 완전 설익은
날아다니는 밥에 반찬은 이상한 냄새와 도저히 먹을
수 없는 맛이다. 다른 적응된 죄수들은 잘 먹는데
난 몇주가 지나도 적응을 못해 식사를 못한다. 결국
매끼 라면을 사먹는데 매번 라면을 먹다보니 불현듯
생각난다 왜 라면에는 뜨거운 밥보다 찬밥이 더
맛있을까?

따듯한 밥을 라면국물에 말면 삼투압현상이 빨리
일어나 라면국물이 밥알 속으로 스며들게 되고 밥
안에 있던 수분이 밖으로 밀려나오게 된다. 그래서
국물이 싱거워 지면서 제 맛을 잃게 된다 하지만
찬밥은 어느정도 수분이 날아가고 표면이 말라 있는
상태여서 라면 국물이 쉽게 밥알 속으로 침투하지
못한다. 따듯한 밥에 비해 라면국물 맛의 변화가
적은 상태에서 먹을 수 있다.

때론 찬밥 신세가 더 나은 신세이다

이렇듯 이곳에선 할 짓이 없기 때문에 평소
일상이였다면 이런 쓸때없는 생각까지 하면서
라면을 먹지 않았을텐데... 할 짓이 없기에 괜한
것에 의문점을 갖고 굳이 알려고 노력한다. 그렇게
하여 시간을 어떻게서든 깨려고 노력한다.

그리고 할 짓이 없기에 계속 생각만을 하게 되고
그러면서 내 주변인..인간관계를 생각하게 된다.

감방에 수감되고 보니 다시 한번 인간 관계가
정리된다 감방에 오자마자 나를 버리고 손절하는
사람, 또 자기일 처럼 두 팔 걷고 나서서 나를
빼내주려는 사람... 10대에서 20대로 그리고 30대로
넘어오며 나의 친구리스트는 몇차례 개편이 되었다.
한결같이 높은 랭킹을 차지하는 놈도 있고
알고지낸지는 얼마 안되었지만 요근래 많은 것을
공감하고 공유해서 현재로써는 가장 친한 친구도
있다. 지나온 관계들을 곱씹어 생각하면 영원할 것
같던 우정이 조기 종영을 맞이 할 때
그 관계를 유지하지 못한 것에 대한 자책감과
함께 불안함이 든다.

과거의 나는 왜 더 성숙하지 못했을까?

지금의 나는 얼마나 더 달라졌을까?

하지만 생각해 보면 상대방에게도 한계가 있듯이

나에게도 한계가 있었을 뿐이고 모든 관계를

누적시키며 살 수는 없기에 연약한 관계는 마모되어

사라졌을 뿐이다.

우리가 특별히 잘못한 사람이 아니라 알고보면

우정의 종료는 누구의 삶에나 일어나는 보편적인

일이다. 그러니 떠나간 관계에 대해서 스스로

지나치게 탓하지도, 남겨질 것에 겁먹지도 말라

대신 지금 내 곁에 있는 사람에게 좋은 사람이

되어주자, 지금 나와 닮은 새로운 친구를 만나자

당신이 누군가가 필요하듯이
누군가도 당신을 필요로 하며
완벽하지 않은 우리는 그렇게
서로에게 기대어 살아간다.

외롭다 하여 진실하지 않은 사람을 만나면
외로움에 + 괴로움까지 더해질 뿐이다.

머리카락

나는 17년차 미용사다

머리카락은 잘라도 아프지 않고 다시 길게 자란다
머리카락은 이미 죽은 세포로 만들어져 있어서
신경이 미치지 않기 때문에 잘라도 아프지 않다.

머리카락은 뿌리에서부터 자라나
자라나는 부분만큼 죽어간다.

지금..내 모습과 닮았다
하루하루 살아지는 만큼 죽어간다

징역에서 가장 힘든건 이렇듯 평소라면
생각도 하지 않을 쓸때 없는 생각으로 시간을
허비한다는 것이다. 모든 경제활동, 사회, 취미,
사랑... 모든 것이 올 스톱되어 하루하루 생산성
없는 무의미한 하루로 금같은 시간을 허비하는 것이
가장 큰 형벌이다. 오늘도 나는 감옥에서 이렇게
옥중일기를 쓰며 오늘을 보내지만

오늘을 보낸만큼..사회에 나는 죽어간다

심장

나는 불치병 심장병 환자다

이 심장으로 교도소에서 징역을 살아도 되는건가..
싶기도 하지만 어쩌겠는가 내가 울어도 지금 이
상황은 달라지지 않는데, 징역에 들어온지 한달쯤
되어간다. 심장은 여전히 힘들다고 나에게 징징댄다
심장을 생각하다 보니 심장은 왼쪽 가슴이 아니라
정 가운데 있다는 사실을 대부분이 모르고 있더라

같이 수감되어 있는 방 동기들이 모두 왼쪽에
있단다.. 그래서 국기에 대한 맹세를
왼쪽으로 한다나?

병신들.. 이런 죄수들..

가슴 왼쪽에는 심장이 없다

실제로 사람의 심장은 정 중앙 양쪽 가슴의 정
가운데 있다 심장은 왼쪽과 오른쪽 허파 사이의
가슴뼈 바로 아래 명치 위에 있다.

나는 매달 대학병원에서 나의 심장을 촬영하고
심전도 검사를 한다.

내가 내 육안으로 위치를 보고 하는 말이다.

눈물

흐르는 눈물마저 감출수는 없었기에 그래요 이젠
안녕..이제부터 영원히

이곳에 처음 온 일주일은 매일같이 울기만 했다
주륵주륵 눈물을 흘리는 모습을 다른 죄수들이 볼까
몰래 눈물을 훔쳤다. 지금 , 이 상황, 이 현실....
쇠창살에 얼굴을 포개어 눈물을 흘린다. 그녀는
지금 어디서 뭘 하고 있을까... 그렇게 울기만을
하다가 불현듯 생각이 떠오른다.

울음은 건강에 좋을까?

징역살이는 할 것이 없기에 하루종일 생각과
상상을 한다 나 역시 24시간 모자르게 살아왔는데
징역살이만큼 시간이 많아 본적이 없다 쓸때없다면
쓸때없지만 나는 시간을 깨기 위해 생각과
상상을한다. 울음은 건강에 좋을까?

조사에 따르면 여성은 1개월에 3~5회 우는 것에
비해 남성은 1~3회 정도 운다고 한다.

사람은 눈물을 흘리며 울음으로써 격한 감정을
해방시키고 스트레스를 해소하는 카타르시스 효과를
얻을 수 있다. 이런 심리적인 이유 말고도 울음이
몸에 좋은 이유가 있다. 눈물을 통해 체내에 유해한
독소물질이 빠져나가기 때문이다. 여성보다 남성이
수명이 짧은 이유 중 하나는 남자는
"울지않는다" 가
아니라 울어서는 안된다는 강박 관념이
있기 때문이 아닐까?

건강을 위해서 때로는 대성통곡을 해보는 것도
좋다고 생각한다.
눈물은 의사를 필요없게 한다는 말도 있다

그리하여 나는 오늘도..
슬퍼운다

Epilogue

감옥.... 미결수 기결수

감옥에서는 정말 24시간이 너무 길다 아~~무것도
하지 않는다 아무것도 하지 못하는 것이 형벌이다.
　자유가 구속되어 아무것도 하지 않고 오직 먹고
자고만 할 뿐이다. 하루를 이렇게 아무 생산성 없이
의미도 없이 무료하게 허비하는 것이 큰 형벌이다.

　나는 그리하여 아무것도 안하는 무료한 하루에
　글이라도 생산하려 한다. 지금 이 옥중일기는
감옥에 수감 된지 한 달쯤 될 무렵 밤 11시에 잠이
오지 않아 작성중이다. 지금 이 방엔 나 포함 9명이
있다. 나의ㅏ 방은 나52-07번 방이다 글을 쓰다
기지개를 펴고 주변을 둘러보니 보이는 것들..

　3~4명이 지저분하게 코를 골고 있다.
　책 읽는 사람 두세명 ,울고 있는 신입한명 글쓰고
　있는 나... 내가 있는 방은 "미결수" 방이여서
사람들이 금방 나가고 금방 들어온다. 징역형량이
　확정된 "기결수"와는 좀 다르다 그래서 나 역시
　진급이 빨라 지금은 내가 7번방에 방장이다.

막내에서 방장까지 한달 걸렸다.

 기결수들은 4~5년 10년 이상 수년간 같이 지내
내가 잘 모르겠지만..우리 미결수 방은 밑에서 두
번째 막내가 갑자기 일주일만에 재판받고 이겨서
나가기도 하고 넘버투가 항소에 져서 기결수가 되어
기결수 방으로 가기도 한다. 중간에 이감을 가는
사람도 있고 우리 방의 인원은 금방금방 체인지가
된다. 나 역시 무려 7번방에서 한 달째 수감중이다.
 왕고가 되었지만 다음주면 나도..항소재판부가
잡히길 기도하고 있다

제발...

신이시어 제발..

 제발 항소에서 이겨서 출소할 수 있기를 하늘에
기도한다 신이 있다면 제발 이번 한번만 저를
도와주세요 감옥 생활은 이간이 느낄 수 있는
최고의 형벌이다. 나는 이번에 나가게 되면 맑은
바깥 공기와 마름대로 걸을 수 있는 보도에

감사하며 살아갈 것이다.

그리고..영 입맛에 안맞는 토 할 것 같은 징역밥만
먹어 입맛 수준이 내려가 있는데 나가자마자 삼겹살
햄버거 등등이 너무 먹고싶다.

징역? 남자로 태어나 한번은 인생 경험차
살아본다 치자..그러나 두 번은 절대
못 할 것 같은 징역이다

수용번호 1678
천육백칠십팔번

절대 잊지 못하리.. 나에게 만약 징역 귀신이
붙어서 내가 여길 또 오게 된다면.. 그때의 나는
100% 확률로 "자살"을 선택할 것이다.

징역이란 그런 곳이다

그러니 ..이 글을 읽은 여러분 모두
죄 짓고 살지 말자

내가...경험해 보고 하는 말이다.

출소

지금쓰고 있는 이 에피소드는
출소 후 작성한 것이다.

앞전에 말했듯 나는 8월 중순경 병보석으로
형집행정지를 받아 나오게 되었다.

나오자마자 삼겹살과 햄버거를 사먹었지만..
이젠 내 몸속이 빵쟁이가 되어 사회의 음식이
입에 맞지 않아 모두 토하게 되었다.
처음에 징역밥이 맛 없던 이유는 내 몸이
사회인인데 갑자기 징역밥을 먹어서 였다면..지금은
빵쟁이가 되어 오히려 사회의 밥이 몸에 맞지
않는다. 지금도 나는 치킨과 족발 보쌈 등..맛있는
것을 맘껏 사먹고 있지만 생각보다 그렇게 환상의
맛이 아니고 속이 불편하다..

오히려 징역에서 쉐프 출신이 만들어준
징역찌개가 더 환상의 맛이다.

지금은 그저

　내가 고개를 들면 하늘이 보이고
바깥 바람을 맞을 수 있고 내가 하고싶은 일을
할 수 있음에 감사하고 행복함을 느끼고 있다.

　너무도 당연하여 감사함을 느끼지 못하고
살아가는 그 모든 것들이 소중하고 감사하다

내 다리로 내가 맘대로 걸을 수있게 허락을 해준
이 세상이 너무 감사하다. 보고싶은 사람을 찾아가
볼 수있고 들고싶은 목소리를 전화해서 들을 수있다

　이곳이 바로 천국인가

　감옥에 오기전에 과거의 나라면
과연 이런 것들에 소중함을 느낄 수 있었을까?

과거의 나라면...
지금 내 이 감정을
알 수 있었을까..

과거의 너가 알던 나는
그곳에서 죽었어
이건 진심이야

나는 너가 알던 내가 아니야 100%
다른 사람이 되었어 그러니...
과거의 나는 잊어주고 지금 나에게
기회를 한번만
다시 주면 안될까..

지금 니가 내 곁에 없는게 감옥에서 보다
더 끔찍한..지옥이고 형벌이야

부디..선처해 주세요
피고인은 많은 반성을 하고 있습니다.

이 글을 읽은 모든 여러분들
정말 세상은 말랑말랑하지 않습니다.
누구는 본인이 징역갈 것 이라는 것을 누가
예상이나 할 수 있을까요?
물론 내가 살인을 했고 사기를 쳤다면
예상할 수 있겠지만요

저 역시 22년 6월 22일날
그 다음 날 밤을 교도소에서 자게 될 것을
1%도 상상하지 못했습니다.

정말 아~~무 것도 아닌 별거 아닌
사소한 일 이라 생각한 모든 것들이
다 .. 지금까지 운이 좋아서 넘어간거지
사실은 다 징역감이에요

저는 이제 세상이 무섭습니다.

인생의 전성기를 맞아 꽃길을 걷던
제가 한 순간에 몰락하고 나락의 끝을 가고
인간이 느낄수 있는 최하 밑 바닥에서
최고의 형벌을 받았습니다.

그리고 출소 후 모든 것이 변해 있습니다.

이젠... 무섭습니다. 자신감 있게
거침없이 막 살아오던 것들이 무서워 졌습니다.

또 징역갈까봐요..
이 글을 읽은 여러분들도
남의 일이겠거니, 나와는 상관없는 세계라고
생각하지 마시고 늘.. 조심하세요

저 역시 제 인생에 상관없는 세계인 징역을
직접 살고 나와 드리는 말입니다..

지금까지

가05-07 1678의 글을 읽어 주셔서

감사드립니다.

이 글을 읽으신 천사 같은 구독자 님들의

영향을 받아 제 몸에 징역 귀신이 붙지 않기를

하늘에 기도 드립니다.

아멘

-End-

누구나 한 순간에 전과자가 될 수 있다.

발 행 | 2022년 09월 14일
저 자 | 1678
펴낸이 | 한건희
펴낸곳 | 주식회사 부크크
출판사등록 | 2014.07.15.(제2014-16호)
주 소 | 서울특별시 금천구 가산디지털1로 119 SK트윈타워 A동 305호
전 화 | 1670-8316
이메일 | info@bookk.co.kr

ISBN | 979-11-372-9508-7